場末にて

西尾勝彦

七月堂

場末にて

いつも
どこでも
場末に追い込まれるのが
これまでの
あなたの
道のり

あなたは
笑いながら
困った顔をして
ずっと
むりなく
はしっこの方
すみっこの方で
生きてきました
地図に
美しい蝶の生息地を見つけて
あなたは

初夏の林の中を
さまよい歩いていました
何も
見つからなかったでしょう
あなたは
そんな場所にいきたかっただけ

いつも
どこでも
場末に辿り着いてしまうのが
これからの

あなたの
遠い
道のり

あなたは
自らの欠落と
他者からのさげすみに
気づきもせず
場末を生み出してきました
この先も
あなたの感覚は

外れたまま
閉じたままなのでしょう
にもかかわらず
あなたの見いだした
やすらぎの蔭は
いくたりかの人を
ふかく
慰めてきました

もちろん
場末の結論は

失われることにあります
あなた
一代限りです
稀少な黄昏も
秘匿の楽園も
剥がれるように
燃え尽きるように
消えてゆきます

その日まで
場末を護りつづけることが

あなたの
永く
あざやかな
道のり

もくじ

装画＝小川万莉子

詩集　場末にて

ふすま

ある朝
なにげなく
ふすまを開けると
私は
見てしまった

ちいさな

ほんとうに
ちいさな
赤ん坊の瞳に
青い地球が
映っているのを

しずかにまわる
うるおいの
青い星

思いがけず

宇宙飛行士に
なってしまった私は
そっと
ふすまを閉めた

公園

夜に
雨を感じた七月の朝
まっすぐな光と
白い水滴を
みつめていると
こころが
まだ眠っていることに気づく

緑なす五月から
ひどく
落ち着いてしまった
わたしのこころは
めばえかたを知らない種のように
だまりこんでいる

わたしは
どこへいったのだろう

眠ったまま

起きているような日々
昼すぎて
わたしと
七月の蝉は
公園の木陰で
休んでいる
ひまわりが
わたしを
みつめている

そうだった

そうだった
わたしは
木漏れ日が好きだ
すっかり古ぼけた記憶が
まならうらに現れる
音もなく
木々がゆれ
ぶどうの匂いがしている
光が
葉脈のうすみどりから

こぼれ降りてくる
あふれる光には
濃淡があって
それは
風の甘みによって
みちびかれている

いや
どうだろう
そうだったかな

公園には
水たまりが
うすく残っていた
白く反射して
空を映している
夜の名残にも
光
なんとなく
そう思うと
わたしは
ほっと

ため息をついた

Mさんの姿

いつも
うつむきかげんのMさんは
真剣に
世界の救済を願っているので
どこかオロオロしている
一緒に歩いていると
ふと立ち止まり

空に向かって手を合わせたりする
わたしは彼の祈る姿に
打たれ
微笑み
目をそらしてしまう

わたくしが百回生まれ変わったらこの世は救われます

祈っているとすこし声が聞こえてきますよ

父親にはきちんと働けといわれます

ところで君は誰？　と
Mさんは
ちいさく
ゆっくり言う

妙に赤っぽい
居酒屋に入り
冷奴と烏龍茶で
満足を覚えるMさんから
月光液の話を聞いていると

彼の
目の奥が
青白く
光ってきた
瞳が
おそいリズムで
明滅している
このひとは
ひとではない　と
思うのだが
そんなことを

口にできるはずもなく
わたしは
麦酒を飲んだ
なめらかな
心地よさと
つたない酔いに乗って
世界は
　もう救われていますよ
わたしがそう呟くと
Mさんは
目を閉じて

首を振り
麦酒を
もくりもくりと
ついでくれた

婆

駅を出ても
まだ道は開通していなかった
車夫たちが
きれいなシャベルに
煙草のけむりを
ふうふうしている
黒っぽい駅員が

ホースで水をかけると
なめらかな小道ができはじめた
車夫と駅員は同時に消失し
淋しさの意味も
まばゆく沈んだ

婆の家は東にあり
うす青のトタンが錆びて光る
古寺の土壁に
洗濯物をひっかけている
何度も死んだので何も怖くない

土に帰るのは
よろこび　とは
婆の口ぐせ
土産の白桃を手渡すと
くるくる踊り　すぐに
倒れた
たたみの呼吸は続いているが
こんな時に
何をすればよいのか分からない
白桃のうぶ毛は
いつもやさしい

死んだかもしれない
婆の頬に
そっと寄せた

ハセガワさん

ハセガワさんは
本屋のひとです
といっても
本屋のひとっぽくなくて
ただ
ただ
純粋なひとなのです

目が
きらきら
きょろきょろしていて
メールの返事が
季節の変わり目になって
ようやく
届いたりします

たまに会うと
少々
とまどってしまいます

お互いに
沈黙だらけの対話をしたり
ハセガワさんが
何言っているのか分からなくなって
私は
あいまいに
相づちを打ったりしています
（本人は気づいていませんが……）
どうやら
言葉以外のことも
ハセガワさんは語っているのです

ああ
まだこんなひとがいるんだなあと
しずかにおもったりします

大阪
ミナセの駅前に
その本屋さんはあります
私が
純粋な本棚を眺めていると
ハセガワさんは
小学生に

囲まれていました

海

じみな人に
話を聞いた
まったく
めだたないので
気づくのがおくれ
話をするまで
三年が経過していた

その人によると
ふしぎなコツがあって
いつも
うまくいかないように
気をつけているらしい
トラブルがあるたびに
できるだけ
がっかりして
意気消沈すると
ますますじみな人に
なっていくそうだ

くるしみ
かなしみ
いきどおり　を
時間をかけてうけとめ
味わい尽くすと
その果てに
海が見えるようになったそうだ
さいきんは
しょんぼりしていると
その碧さに
目をほそめるように

なってしまったらしい
じみな人になると
隠れたかんじが
すごしやすく
わずかなことが
ちょうどよくなるそうだ
さいごに
この話は
誰にも言わないで　と
海の声で
頼まれてしまった

薔薇咲か爺さん

五月
大阪の
かぼそい路地に
あかぬけない洗濯物と
生まれたての薔薇と
ぼんやりとした光が
あふれている

白　ピンク　黄色
オレンジ　白　赤色

路地は
花束の
アーケードとなりつつ
いつものように
ひっそりとしている
わたしは
誰かに見られないように

そっと
花の匂いを
かいだりしている

ある日
路地で
薔薇咲か爺さんと
すれちがった
とげのある
かなり
怖い顔をしていた

会釈も
できなかった
薔薇は
満開になった

駅

彼は
うすい背中のひとなので
職場から
誰よりもはやく
家に帰るみたいだ
いつも歩きなので
駅に着くころには

埃っぽい風のなかである

ちょっとうつむきかげんの
ふうわりとした顔つきで
行きと帰りでは
気持ちに
ほとんど変化がないみたいだ

夕暮れの
あわい光のなかを
彼は歩いている

うすい背中のひとは
駅近くの和菓子屋に
立ちよっている
病弱の妻に
若鮎を買って帰るらしい
がま口を開けて
一枚いちまい
小銭をかぞえている

一九四五年のキョート

十年前に亡くなった父は
京都人らしく
鱧が好物だった
夏になると
いつも
父のために
鱧の皿が追加された

ひときれだけ
子供だったわたしの口にも入った
ほろほろと
冷ややかに
夏の味

無口な父だった
だから
父の昔話はよく覚えている

三歳の時にな

アメリカ軍の大きな飛行機が飛んできてな
B29やと思うねんけど
きらっと光ってとても綺麗に見えたんや

へえ
綺麗に見えたんや

そんな会話を交わしたことがあった

父が三歳といえば
一九四五年で太平洋戦争末期のことだ

空襲のなかった京都に
　どうしてB29が飛来したのだろう　と
しばらくして思った

その疑問が解けたのは
原爆の歴史を調べていた時のことだった

そこで初めて
京都が原爆投下の第一目標であったことを知った
　空襲の被害を受けていない
　人口密集地

盆地の地形
古都壊滅
日本への深刻なダメージ
整然とした解説は
すっと腑に落ちた
幼い父が仰ぎ見たあのビッグバードは
原爆投下のための偵察飛行だったのだ
そして
そのまま
京都に原爆が落とされていたらと思うと
背筋が凍った

年を重ねると
以前にも増して
鱧が気になりだした
たまに
自分で湯引きをするようにもなった
大暑の頃
ほろほろ食べていると
父とあの昔話を思い出す
一九四五年のキョート
幼い父が見上げた

青い空
そして
人が生きていることは
その青さのように
不思議なことだと
おもうのだ

雨やどり

通り雨の街
傘を忘れた私は
大屋根の駐車場に
かけこんだ
雨は
しずかに降っている
まあ

いいかな　と
どこか気持ちも
雨やどり
ひとり佇んで
雨の匂いの
なつかしさにふれ
雨音の
やさしいリズムに
耳をすます
春の雨は
さらさら降っている

春の雨は
やさしくふるふる
そんなゆるやかな時間を
過ごしていると
かぼそい雨糸が
ほのぼのと
かがやきはじめた
　もう
　晴れるのか　と
今の気持ちも
雨やどり

もうすぐ
青空が広がってきても
私は
しばらく
雨やどり

ノート猫パソコンの午後

晩秋の午後
珈琲を飲む
そして
私の柔らかいひざの上に
猫がのり
あたたかな時間となった

その
猫の背中に
かるいノートパソコンを
のせた
(申し訳ないけど
私にもすることがあるのだ)
アルミニウムが
背骨にこたえるのか
猫は
すこしからだをずらして
お互い

いや三者が
絶妙のポジションを得る
私は
使い慣れない
ノート猫パソコンを
なんとか操る
ごろごろ
かたかた
ごろごろ
ふらふら

ごろごろ
ふわふわ

晩秋の午後
私は
ノート猫パソコンと
ふわふわしている
かたかた
ごろごろ
珈琲を飲みつつ
なんだか

眠くなってしまった

ちいさなおばあさん

ちいさな
ちいさな
おばあさん
奈良の駅前を
きょろきょろ
うろうろしている

こぢんまりした
おばあさん
歩き疲れたら
コロコロカートに
ちょこんと座って
眠ったりしている
（……すこし死んでいる）

この世には
ほとんど
ばいばいしているので

顔はしわしわでも
瞳はすっきりしている
（いやほんとうはさみしい）

いろんなものを
見てきたけれど
すべて
流れていってしまった
（おじいさんはほほえんでいる）

ちいさな

ちいさな
おばあさん
そろそろうちも……　と
おもって
すこし生き返る

あなた大丈夫？

ふるくからある
奈良のお店には
なんだか
へんなお店が
おおい気がするのです
そのうちの
ふたつを厳選して

ごっちゃにして
紹介しますが
お店の名前は
どちらも秘密にしておきます
まちなかの住宅地に
ぽつんとあるのです
のれんが目印です
赤提灯の場合もあります
どちらにしろ
たいへんちいさいことが
特徴かもしれません

平均すると四歩で
通り過ぎてしまいます
その存在に
気づいたとしても
すぐに入ることはできないのです
数ヶ月にわたり
何度も前を
うろつきまわった挙句
やっと入店です
その間に
指先で調べたりしますが

ホームページは
ありません
もちろん
インとかグとかなども
ありません
もう
なんだかよく分からないまま
目をつむって
入るしかないのです
　ガラガラ
(戸のたてつけがわるいがきにしない)

どうやら
デジタルな情報発信は
苦手のようですが
直接のアナログ発信は
たっぷりだったりします
つまり
お店のひとは
よくしゃべります
初対面でも
うわよくきたねこんなところにあなた大丈夫?　と
いったかんじで

歓待してくれるのです
（入るまえの不安と入ったあとの落差がすごいな）
それから
ぜんぜん
ついていけない
奈良のお話や
へええ
みょうに
美味しい
アイスコーヒーの
作り方などを

ほおほお
懇切丁寧
やや
暴走気味に
語ってくださいます
ありがとうございます
帰り道に
（へんなお店だったなあ）
とおもうのですが
なんだか
うれしかったり

さみしかったりするのです

また
行きますね

反概念論

年々
概念は
増えてゆくばかりだ
そして
それらの概念を
わたしは
受けとめすぎている

しかも
その
すべてが思い込みで
かつ
わたしは
わたしですらないのに

なりわい（函　#1）

いつまでも夜が来ないので
君に問い合わせると
夏至だと知った
そんな日に
函作りをはじめた
これを
なりわいとしていくことに君は

鶴橋駅の次は
玉造《たまつくり》よ　と
ほぼ関係のないことを言う
函を必要とするひとに
函を提供するんだ
淡々と私が言うと
あなたは
ひととは違うひとに出会って
函以外のものを手渡すでしょう
眠たそうな顔で
つぶやいた

サンプルとして三つの
函を作った
君は一つを選び
二つを壊した
すべりだしは上々だった

国境線（函 #2）

サイズ大の函をひとつ納品に来たのだが
クライアントの行方が不明で笑われる
管理人ソトウチ氏に尋ねても
　いましたがいません　と
要領のつかめないまま
ビルは底が抜けていて
国境線上のように電波がよく通る

降りていった階段の下に夕焼け
拾い上げてもこぼれ落ちる

さっきから
函に話しかけられる
誰がこんなものをつくったのか
預言者にこれを渡さなければ
私が
何もわからない
そう言うと

ないはずの扉がすっと開いて
誰も見たことのない
ひとっぽいひとが現れた
　函のひと？　と
そのひとっぽいひとが言ったので
首を横にふり
あわてて函を
手渡した
おもむろに
彼女は函を開け
　何が入っているの　と

低く言って
それを取り出し
すばやく
国境を
崩壊させた

中（函 #3）

文学部で学んだゆいいつのことは
わびさびの保存と救済だった
この講座は非公式なもので
教授も学生もあまねくモグリだった
大阪　中崎町のモルタルビル三階の
一室が教場で
自走できる者だけがたどりつけた

私は熱心なふりができる受講者だったので
三年目からは助手に任命された
三日後に
断りの電報を打った
その代わり
学生募集のちらしを刷って配り歩いた
半地下一階の本屋に立ち寄ると
店主は動かない客たちに
一枚いちまい手渡しをしてくれた
そのおかげで

新しい受講生が部屋を埋めたが
三ヶ月で
また地下に戻っていった
科学技術の時代において
レジメは手書きで
黒板にチョウクに下駄だった
毎回　一点ずつわびさびが持ち込まれ
沈んだ議論が行われた
『撰集抄』の
ある話が発表された時
ため息で教場が浮遊し

出席者のほとんどが
出家をかんがえたくらいだった
あゝまつたく
此の講座自体が
朽ち果て腐りきつた
有様であつた

いちど
私は函
を持ち込んだことがあった
教場が

いっそう黴臭くなった
中に何が入っているのか？　と
教授に訊かれたので
あなたの幻想です　と
ちいさな声で言った

棚石（函　＃4）

うまく書ききれないものが詩であるなら
うまく生ききれないひとは詩人だ

車に乗っては居眠り運転
約二時間の遅刻
返事のないメール
田んぼの真ん中でポン菓子を購い

仕事をすれば
古いオルガンを店に置き
棚をいちから作ってしまう書店員
そんなひとから
函の注文を受けた

春の草原を歩きながら
新しい人には新しい函　と
おもうのだが
設計図は白くうつくしい

函を作るのは容易で
その中から何を取り出して
土鍋に入れるのか？
異端の楽天家は問う
貝柱のような私の姿を見たならば
豆腐売りにでもなれ　と
叱咤しただろう
函作りの夜明け
書店員からのメール
棚が石だらけで

とてもきれいです
ほどよい返事がおもいつかない

茄子（函　#5）

エアコンが買えるものとは知らず
この十年扇風機で夏を過ごす
君は坂を上り
はだしになって木陰に消えた
暑さが沸点を超えると
自我もとけてゆくので
気分がよい風景

頭の芯がふくらんで
ちいさくふるえてしぼんできえた
もうこれでよい
眠たさの真意は
あの世行きかもしれない　と
おもっていると闇になった

私は森で涼んでいた
泉につかり足をとかした
君と出会ったが
お互い手はふらない

目を覚ますと風がやんでいた
我を無くした扇風機が
首を落としてしまったのだ
ぼんやりとした私たちは
茄子を焼いて
君の帰りを待つ

星（函　#6）

水の
よるべなきうつろいに
なすすべもなく
今を生きる
体のなかに
血がめぐる君の眠りを
ささえている

夜の
液体の
部屋のふたり
先に眠ったほうが
より安心
まるい月が
夜を冷やしはじめた
残された私は
忘れられた彗星のような
淋しさにつつまれ
生まれた星に

帰りたくなる

ヤマダ（函　#7）

口から蝉が出てきそうな夏に
函の注文は途絶した
毎朝自分にありがとうを
言い続けているが
飼い猫の肉球さえ熱い

ヤマダ電機に涼みに行くと

店員が
マッサージチェアで眠っていた
すやすやの
水曜日であった
そのひとを起こして
函いりませんか?　と
訊くと
すでに箱だらけのこの店です
意味が通らず
そっと突きはなしてくれた
しかたなく

マッサージチェアで
すやすやしながら
今後のことを
考えたりしなかった

あひる（函　＃8）

あひるのいなくなった
あひる公園から
街の呼吸をながめる
クリーム色に
ふくらみとぎれるかすみ
遠すぎて見えないものが
生まれて

この丘に
さらさらと押しよせてくる
さっき
死んだばかりのものたちは
空にきえるもの
土にかえるもの
人にはいるものにわかれてゆく
しばらくすると
また死んでしまったものたちが
さらさらしはじめる

くう　くう

くう　くう
声がきこえる
かつて
ここにいたあひるも
今日は
さらさらしているようだ

この世界は

この
向こうに
うつくしい
沈黙があった

かたむいた
板塀

くすんだ
青トタンの壁
黒々とした
おもたい瓦屋根
中庭には
ナンキンハゼが自生し
炎のように
天をめざす
ブロック塀の
ひび割れは
苔の緑たちを

ひっそりと
繁茂させている

この
向こうに
なつかしい
象徴があった

路地に
路地らしいたそがれを
もたらすのは

そこにある
廃園の幽玄

家の中は
ほとんど
うかがい知れないが
隠者の棲む
けはいがしていた
下町の
すき間の奥
森閑とたたずむ

廃墟の楽園
それは
ひとつの王国となって
この世界の構造を
支えていた

この
向こうに
ふるさびた
ねがいがあった

いつも
わたしは
うす闇の
湿っぽさに
つつまれ
しずかに歩く至福を
かんじていた

この世界は
すでに
壊れかけているのだから

これ以上
壊してはいけない

この
向こうに
うつくしい
世界があった

場末にて

発行日
2023年10月10日

著者
西尾勝彦

装幀・組版
川島雄太郎

発行者
後藤聖子

発行所
七月堂
154-0021 東京都世田谷区豪徳寺1-2-7
TEL：03-6804-4788
FAX：03-6804-4787

印刷・製本
渋谷文泉閣

ISBN 978-4-87944-544-5 C0092